VALE A PENA LER DE NOVO

Edição e Distribuição:

EME
EDITORA

Caixa Postal 93 – 13360-000 – Capivari-SP
Fone: (0194) 91-3878 – Fax: (0194) 91-2165

em nome dos trabalhadores invisíveis ali também presentes.

Ao final daquele dois dedos de prosa através do médium, o Espírito comunicante me confidenciou isto:

— Ah! Meu querido irmão Celso... Como é grande a minha luta para que todo este povo que até aqui vem, na qualidade de assistentes cheios de problemas materiais e espirituais, se comporte, depois, lá fora, como gente realmente cristã...

Saí dali profundamente pensativo, a conversar com os meus botões. No ônibus, de regresso ao lar, altas horas da noite fria, ia matutando comigo mesmo: — Será que eu mesmo não seria motivo de preocupações para os mentores espirituais do centro espírita a que estou ligado? Será que não daria muita dor de cabeça ao meu amigo do Além, ao meu anjo-da-guarda, com o meu comportamento fora do meio espiritista?

De fato, é muito bom de vez em quando a gente fazer a si mesmo esta pergunta dando resposta sincera.

Aliás, ser espírita dentro do centro até que é relativamente fácil. Ali, pelo menos deve ser assim, todos com os pensamentos e os corações voltados para o Bem, para o Amor, para a Caridade. Por isso mesmo, ser bondoso, tolerante, fraternal é nosso dever inadiável, é nossa obrigação impostergável... Mas ser tudo isto, lá fora também, da porta da rua em diante — aí a coisa não raro é outra. Fica às vezes difícil. No entanto, nem por isso deixa de ser da mesma forma o nosso dever, a nossa obrigação. Só assim é que demonstraremos que não entramos apenas no centro espírita; ao contrário, a Doutrina Espírita é que entrou em nossos corações e está, de alguma forma, fazendo parte da nossa vida.

Pelo menos assim não estaremos dando trabalho aos mentores espirituais, nem estaremos retardando tanto a nossa evolução moral.

*(**A Luz de Damasco** –Porto Alegre – RS – Fevereiro de 1987)*

22
O Cachorro e o Poeta

Soneto dedicado à poetisa Rosa Rubra

Era um cachorro triste... Abandonado... Sujo...
Vira-lata a vagar pelas ruas do mundo...
Bicheiras ostentando em todo o corpo, cujo
Fedor moscas seduz, em vil e enxame imundo!...

Achou-o, um dia, assim, macambúzio marujo
Considerado um vate, um boêmio — tão fundo
Era o seu costume (do qual também não fujo)
De viver a cantar, com ar de vagabundo...

Tomou daquele bicho horrível, repelente,
E — com amor sem par — em sua água-furtada
Deu-lhe um naco de carne além de leite quente...

Tempos depois, porém, os vi, seguindo a estrada:
Um cachorro a ladrar, gorduchento e contente,
E o bardo a sem ter mais sua alma amargurada!

*(**Correio da Lavoura** – Nova Iguaçu – RJ –*
Domingo, 2 de Janeiro de 1972)

23
A História do Espiritismo e a Parapsicologia

Na introdução geral que fez ao segundo volume de seu "Curso de Biologia", o Prof. Alencar Barros cita uma frase muito expressiva de Archibald Geikle e que é a seguinte:

"Em ciência, como nos demais campos do conhecimento e da pesquisa, a compreensão perfeita de um assunto só é possível quando, de fato, se possui uma noção clara do seu desenvolvimento histórico".

A Parapsicologia, ciência criada por Joseph Banks Rhine, em 1930, com experiências na Duke University, nos Estados Unidos da América, procura estudar certos fenômenos que não se enquadram na Psicologia tradicional. E muitos são os pesquisadores que estão se dedicando aos chamados fatos supranormais, havendo mesmo a Belk Foundation, que fez uma série de experimentos com Zé Arigó, decidindo-se por reconhecer no saudoso médium do Dr. Fritz, as faculdades mundialmente conhecidas como médium operador.

Claro que nos referimos exclusivamente aos cientistas imparciais, honestos, dignos deste nome na comunidade científica mundial. Não aludimos aos que se dizem parapsicólogos apenas para combater o Espiritismo em geral e os médiuns em particular, como o ilustre padre jesuíta espanhol Quevedo, prontamente refutado pelo Irmão Saulo (pseudônimo do Prof. José Herculano Pires), pelo Carlos Imbassahy e mesmo por outros líderes espíritas de projeção no Brasil da atualidade.

A frase de Archibald Geikle, citada por Alencar Barros, deveria ser levada em conta pelos senhores parapsicólogos em suas pesquisas sobre os fenômenos paranormais. Há uma enorme biblioteca especializada acerca desta matéria, narrando fatos, descrevendo experimentos, apresentando conclusões, tudo isto fruto do esforço de outros tantos cientistas como de escantilhão poderíamos citar William Crookes, Paul Gibier, César Lombroso, Alexander Aksakof, Camille Flamarion, Gabriel Delanne, Léon Denis, Charles Richet, Albert de Rochas, Gustave Geley, Ernesto Bozzano, uns usando o termo metapsíquica, outros utilizando abertamente o vocábulo Espiritismo.

Arthur Conan Doyle, mundialmente famoso por ser o criador do detetive Mister Sherlock Holmes, escreveu em sua obra "**A História do Espiritismo**" todo o desenvolvimento do início dos fenômenos espíritas a partir dos fatos ocorridos sobretudo em Hydesville, numa família metodista, a família Fox, em 1848, despertando a atenção do mundo científico da época para os chamados "raps".

Sir Isaac Newton, a quem devemos o estabelecimento da lei da gravitação universal (a matéria atrai a matéria na razão direta das massas e na razão inversa das distâncias), ele afirmava que, se enxergou mais longe é porque subiu aos ombros de gigantes anteriores. Equivale declarar que se baseara em cientistas precedentes, os quais lhe deram elementos para maiores conhecimentos. Que tal se os senhores parapsicólogos dessem uma lida neste material extenso dos que antes deles já estudaram estes fenômenos? Cremos que a Parapsicologia seria altamente beneficiada.

*(**Rio Verde Espírita** – Rio Verde – Go – Maio de 1971 e Fraternidade – Revista de Lisboa – Portugal – Outubro de 1972)*

24
O Regresso

Contemplando o corpo estirado dentro do ataúde, coberto de flores, rodeado de amigos, na sala iluminada da casa de seu filho caçula, em companhia do qual passou a viver depois do primeiro ataque cardíaco, Barroso, com perfeita nitidez de sua nova situação, como que passava em revista toda a sua finda existência, comparando-a com a penúltima, uma tentativa de antever, outrossim, o futuro que o aguardava.

Desencarnava. Desencarnava e deixava no mundo dez filhos, todos já adultos, criados, casados, dando-lhe netos. Dez, não; Olga para cada filho natural, adotara outro, de sorte que tinham apenas cinco biológicos e cinco adotados em hospitais de indigentes com a permissão do Juizado de Menores. Mas — esta verdade tem de ser dita desde já — não faziam a mínima distinção entre eles, dispensando igualmente a todos o mesmo carinho, o mesmo afeto, o mesmo amor. Ei-los, agora, independentes, hoje, quando Olga já partira para a espiritualidade há dezessete anos antes e ele seguia o mesmo caminho. Aliás, o caminho de todos nós, o regresso à pátria de origem. E, para completar a prole, lá estavam no mundo material vinte e cinco netos sendo que dentro de uns três meses mais dois nasceriam também!

Começara do nada. Procedente do interior de Minas Gerais, meninote conhecera a dureza da vida pobre, exercendo atividades humílimas em diversas residências do Rio de Janeiro, na década de 20. Depois, acompanhado de um amigo, veio a ter em São Paulo, onde se radicou e, se não fez fortuna, ao menos se casou, teve a filharada, trabalhou como um boi e, uma vez conhecendo o Espiritismo, desenvolveu sua mediunidade receitista, amenizando muitas dores com a indicação de ervas e Homeopatia.

Aguçando a visão espiritual, Barroso passou a perceber quem foram em vida anterior.

Fins do século XVIII. Estava reencarnado como fazendeiro em Minas Gerais também, riqueza que conseguira amealhar graças a certas manobras desonestas na mineração. Chegara a conhecer Tiradentes no tempo em que o protomártir da Independência do Brasil era simples tropeiro, levando mercadorias de Minas para o Rio e vice-versa. E Barroso estava tão alegre em recordar sua última vida, não poderia dizer-se contente com a precedente, não! Pelo contrário, uma espécie de dor pungente se lhe invadia o ser. Simplesmente desalmado, não via nos escravos senão "coisas", "objetos", que a gente pode comprar e vender, usando da melhor maneira que convier.

Apenas para salvar as aparências, era católico, mandando dizer missas para cair nas graças do vigário da localidade e, por via das dúvidas, não ir para o inferno, assegurando um lugar no céu. E por ter sexualmente desrespeitado de uma mulata, que de longe vinha a ser uma sua parenta, acabou sendo assassinado pelo punhal do irmão da jovem ultrajada!

Uma vez na erraticidade, consciente de seus erros caliginosos, encetou a tarefa reencarnatória. Renasceria em Minas outra vez. Seria filho do mesmo homem que lhe tirara a vida orgânica, agora reencarnado com o nome de Gilberto e, para mãe, teria exatamente a mesma mulata por ele desrespeitada, agora na personalidade de Marlene.

Não chegou a conhecer seus verdadeiros pais porque estes o abandonaram tão logo foi posto no mundo. Talvez por isso é que, uma vez casado, com tanto empenho concordava com Olga na adoção de crianças pobres, de filiação ignorada. Sofrera a orfandade de pais... vivos! Sentira muitas vezes o frio e a fome. Além da dor, uma saudade inexplicável. E ele que fora riquíssimo fazendeiro, em uma nova vida se via lavando os vasos sanitários de uma pensão de segunda classe a fim de, meninote, conseguir um prato de sopa rala!

Entretanto, na espiritualidade lhe fora dito que, se soubesse levar com valentia estóica todos os percalços, haveria de vencer. E foi o que ocorreu. Olga outra não era senão a mesma Juliana que em ulterior experiência carnal, era sua esposa, opondo-se sempre a seus desvarios egoísticos. Ela se prontificara em voltar com ele para auxiliá-lo. Ao lado da mesma mulher, teriam como filhos legítimos exatamente os escravos que mais sofreram no pelourinho a seu mando... Explicava-se a curiosa situação paradoxal que ele mesmo não entendia direito: por que os filhos biológicos não lhe devotavam o mesmo afeto devotado pelos filhos de criação? Não tratava a todos em pé de igualdade? É que o véu do esquecimento não permitia saber serem estes filhos um tanto indiferentes nada mais, nada menos do que antigos servos seviciados.

Nisto é que consiste o perdão divino — oferecer ao Espírito devedor novas oportunidades de quitar seus débitos na contabilidade de sua própria consciência!

Mais pessoas entravam pela porta adentro da casa de Miguel para dar o último adeus a seu pai Barroso.

E ele passou a considerar o futuro que tinha pela frente. Não era a primeira vez que se defrontara com o julgamento íntimo de suas ações, perante a lei de Deus que, se é misericordiosa, não deixa de ser justa. Deveria prestar contas estritas do tempo que recebera. E ele notava a sensível diferença de situação.

Da primeira vez, um punhal numa emboscada noturna lhe roubara a vida, à margem de um regato, e ele sem saber ao certo o que é que estava acontecendo. Desta feita, a despeito de ter sido vítima de atroz tumor maligno no fígado, apesar de jamais ter ingerido alcoólicos nem fumasse, já que era médium receitista, assim aliviando as dores alheias, a si não curara a glândula hepática. Entretanto, estava relativamente calmo com a consciência e a paz na consciência é o maior tesouro do mundo.

No dia seguinte, enquanto o corpo baixava à sepultura, debaixo de uma chuva miúda, o Espírito regenerado Barroso, nos braços de Olga e de seu amigo espiritual Valério, que vieram dar-lhe as boas vindas no pórtico do Grande Além, saudando um filho de Deus que regressava triunfante, aquele Espírito que soube aproveitar os talentos recebidos, se no pretérito tanto errara, divorciado dos ensinos de Jesus, agora vislumbrava um porvir mais feliz por ter-se quitado com a Justiça do Pai. Estava em paz com ele mesmo!

***(O Clarim** – Matão – SP – 15 de Outubro de 1971)*

25
O Fim do Mundo

Tenho por hábito, durante as reuniões de estudos doutrinários, ventilar um dado assunto à luz do Espiritismo, complementando-o ainda com as noções que a ciência ou a filosofia tradicionais e oficiais nos fornecem para análise do mesmo tema.

Por exemplo, quando comento algo sobre os sonhos, baseando o estudo em O LIVRO DOS ESPÍRITOS, gosto de fazer um paralelo com a teoria de Sigmundo Freud em sua Psicanálisc, atribuindo-o unicamente ao poder onímodo do subconsciente influenciado pela repressão da libido... Quando abordo a pluralidade dos mundos habitados, trago à discussão os conhecimentos da Astronomia, da Astrofísica, da Astroquímica, da Exobiologia mostrando a possibilidade de a vida ser realidade não apenas aqui na Terra, num Universo de milhões de galáxias... E assim por diante, sempre pautando os estudos dentro da melhor linha da Codificação Kardequiana. Apenas ampliando o raciocínio dos irmãos que comigo estudam em conjunto.

Num destes dias de estudos surgiu o tema sobre o fim do mundo! O assunto sempre foi da preocupação de muita gente. Não direi de todas as pessoas porque muitas criaturas só se preocupam mesmo com o dia-a-dia. Querem mais é viver o momento que passa, pouco se importando com o dia de amanhã. Mas nem todos pensam assim. Há aqueles que tremem de medo quando alguém fala em fim do mundo! Surge até aquela frase gratuita e erradamente atribuída a Jesus: De mil passará, mas a dois mil não chegará...

Não resta a menor dúvida de que vez por outra ocorrem cataclismos destruidores em determinadas regiões do globo. Vulcões deitam lavas em altíssimas temperaturas destruindo aldeias e plantações. Avalanches de neve descendo das montanhas arrasam cidades campesinas. Furacões arrancam do mapa cidades inteiras. Chuvas torrenciais se abatem sobre regiões densamente populosas. E nestas situações graves muitos morrem, muitos saem feridos, muitos perdem seus pertences. Seria o fim do mundo local.

Mas fim do mundo como destruição de todo o planeta, desaparecimento total do orbe, transformação do mundo em poeira disseminada no Cosmo — e conseqüentemente a extinção total de todos os homens da Humanidade — claro que tal não admitimos em hipótese alguma em Espiritismo. Aliás, nem a ciência autoriza quem quer que seja a ter esta visão apocalíptica do futuro.

Foi aí que um assistente, muito respeitoso, levantou a mão e pediu a palavra para declarar que ele não pensava deste modo, pois que no mundo tudo se destrói. Que eu procurasse ver direitinho que até o próprio ferro se destrói, corroído pela ferrugem virando pó... Que eu examinasse o assunto e concluiria para logo que o mundo também iria virar pó. E citou o texto bíblico segundo somos pó e ao pó retornaremos.

Em resposta à sua atenciosa observação, declarando que respeitava a sua discordância fraterna, pois nunca me passou pela mente querer impor a quem quer que fosse o meu ponto-de-vista, apenas pedia que pusesse o cérebro para pensar, a cabeça para raciocinar, o bom senso para funcionar e ver se tem ou não tem cabimento aquilo que eu julgava equívoco!

Primeiro: a frase bíblica não é mensagem de esperança para ninguém. Ao contrário, é uma eloqüente pregação paradoxalmente do materialismo. O que é pó constitui apenas o elemento material do ser humano formando os órgãos da vida material. Todavia, a criatura não é apenas o corpo somático, que, sem dúvida, se desfaz em cinzas depois da morte. Cada qual é muito mais o elemento espiritual onde reside o senso moral, onde se radica a inteligência, onde está a memória, onde se fixam as características da personalidade; e este elemento espiritual de modo algum se extingue na hora da morte! Então, o homem não volta ao pó, como pregam as religiões tradicionais em cima do texto bíblico, que pregam desta maneira para abater o orgulho de muita gente! Seu Espírito volta à pátria de origem que é o mundo espiritual, para prosseguir seu caminho na rota do Infinito.

Em seguida, lembrei-lhe a famosa lei de Lavoisier quando diz que em a Natureza nada se cria nem se perde: tudo se transforma. E notemos que o químico francês enunciou esta lei apenas levando em conta os aspectos laboratoriais ou mesmo materiais. E nós, espíritas, extrapolamos, com razão, com provas científicas, esta lei para o terreno da filosofia espiritualista, descortinando novos horizontes para o coração humano, pressuroso e triste diante da Morte!

Portanto, o ferro ao se hidratar, por ação da umidade do ambiente, transformou-se em ferrugem, mas não se destruiu, não se reduziu ao nada! Repito: apenas transformou-se!

Realmente é possível que lá num futuro por demais remotíssimo, num tempo humanamente ainda inconcebível, os átomos que formam as moléculas constituintes do mundo com tudo quanto nele exista, este planeta de seis sextilhões de toneladas de massa e uma superfície de quinhentos e dez milhões de quilômetros quadrados de superfície e mais de um trilhão de quilômetros cúbicos de volume, venham de fato disseminar-se pelo espaço sideral... Como admitem os astrônomos da atualidade, a protomatéria teria dado origem à matéria e esta se transformaria em metamatéria. Mas tudo isso é ainda do domínio das especulações. Nada há, ainda, comprovado a este respeito.

Fim do mundo, como o espírita admite, é o fim deste mundo de maldades, de hipocrisias, de egoísmo, de orgulho, de ignorância espiritual.

Fim do mundo, como o espírita admite, é o fim desta Humanidade que se compraz em fazer o mal. Semelhantes Espíritos ainda inferiores estão sendo afastados para outros planetas também mais inferiores, cujas condições fisiográficas condizem com os sentimentos de seus novos moradores que para lá estão sendo remanejados, não porque haja algum retrocesso, porém para ali aprenderem a amar o seu semelhante nisto constituindo a lenda do Paraíso Perdido do texto bíblico tradicional.

É o fim da exploração do homem por parte de outro homem mais esperto, na maquiavélica filosofia de Hobbes: o homem lobo do homem!

É o fim da inobservância das leis de Deus. E os mansos, os humildes, os misericordiosos, os puros de coração herdarão a Terra, onde não haverá mais o choro de uma criança desnutrida nem o bramido dos canhões...

Fim do mundo é o renascimento do Espírito humano para Deus, seu Criador. A Terra com seus possíveis cinco bilhões de anos é um mundo muito novo para volver à condição de poeira cósmica universal! Há estrelas pela Via--Láctea que têm, no mínimo, 28 bilhões de anos. São, pois, seis vezes mais "velhas" do que o nosso planeta... E nem por isto deixaram-se transformar em pó. A Terra seria uma exceção?

Encerrei o estudo com a pergunta nº 1018 de O LIVRO DOS ESPÍRITOS, onde encontramos este ensino:

"O bem reinará na Terra, quando, entre os Espíritos que a vêm habitar, os bons predominarem, porque, então, farão que aí reinem o Amor e a Justiça, fonte do Bem e da Felicidade. Por meio do progresso moral e praticando as leis de Deus é que o homem atrairá para a Terra os bons Espíritos e dela afastará os maus. Estes, porém, não a deixarão, senão quando daí estejam banidos o orgulho e o egoísmo."

*(**O Revelador** – São Paulo – Capital – Outubro de 1972)*

26
Fazer o Bem por Prazer

Confúcio, séculos antes de Cristo, já dizia para esclarecer a nossa pobre Humanidade que ainda hoje necessita de esclarecimento: "Fazei o Bem sem motivo nenhum de interesse pessoal".

A criatura humana é de tal forma egoísta que, até quando se coça, o faz com os dedos e as mãos em concha, voltados para si mesma! Não sei se o prezado leitor já observou isto. É incrível! Mas é dura verdade. Até a coceira, algo que incomoda, a criatura só a quer para si. Frio, calculista, muita gente pensa assim:

— Faço agora isto para fulano porque amanhã dele posso precisar e ele, então, não poderá deixar de ajudar-me; não terá como negar o seu auxílio que eu vier a lhe pedir.

É claro que isto em hipótese alguma é a genuína prática do Bem. Num português mais claro trata-se de uma simples troca de favores. Ação entre amigos. Nada mais que isto. Até no casamento esta forma egoística de pensar aparece. Alguém já disse que o enlace matrimonial é uma simbiose: o marido dá à mulher casa e comida para poder ter depois as calças lavadas, as camisas com os botões pregados, as meias remendadas... Não se leva em conta o lado sentimental, o lado amoroso com a troca de afetos, o apoio mútuo, o socorro recíproco que um, sem esperar adrede retribuição, deve prestar ao outro.

Na vida em sociedade, cada criatura precisa da outra e de tal maneira que é certo isto: os outros podem viver sem nós e nós sem eles não poderíamos viver. Direta ou indiretamente eles nos auxiliam. Não fossem eles, não teríamos condições de sobrevivência.

Mais uma vez entra em cena o dinheiro nesta nossa conversa. Determinada ocasião um colega de magistério, ao saber que estava eu a estudar inglês, declarou-me com um sorriso maroto que eu não precisava conhecer tal idioma, não. Bastava estar com a carteira recheada de cédulas e de moedas porque à vista do vil metal todos entenderiam qualquer idioma que eu balbuciasse.

Ouvindo-o, lembrei-me de uma frase de Voltaire: "Os que crêem que o dinheiro consegue tudo neste mundo, são, em regra, propensos a fazer tudo por dinheiro".

E é por isso que os homens não se sentem felizes. Para sentir Felicidade em seu interior, a criatura há de fazer o Bem ao semelhante pelo simples desejo de ser útil, sem esperar recompensas aqui na Terra ou depois da morte, no mundo espiritual.

*(**Alavanca**– Campinas – SP – Julho de 1972)*

27

Conceito de Ventura

Ventura... Definir... Como dizê-lo?!
Ela é mais que o prazer, que a criatura
Sente por tudo quanto é bom e belo,
Numa satisfação interna e pura...

A dádiva suprema da ventura
Nem sempre existe dentro de um castelo,
Onde se vê conforto e haja fartura
Na pujança gostosa que revelo...

Em meu viver, não sou um Everest...
É-me o bastante ser simples colina...
A ventura, porém, não se conteste,

Eu conheci, é minha companheira:
Quem traz no coração esta Doutrina
Possui toda a ventura verdadeira!

*(**Revelação** – Florianópolis – SC –*
Outubro/Novembro de 1965)

28
Pecados e Pecadores

Parece-nos foi São Bernardo quem recomendou fôssemos indulgentes para com os outros e rigorosos para com nós mesmos. Todavia, no grande palco do mundo, cujo contra-regra é o destino que cada qual constrói em razão de seu livre-arbítrio, nós, a Humanidade, invertemos facilmente os papéis. Quando uma criatura comete um pequeno deslize, arvorados em juízes, condenâmo-la aos piores lugares do Inferno com que nem sonhara Dante Alighieri em sua Divina Comédia.

Só Deus sabe **como** e **por quê** aquela criatura errou. Interessante é que julgamos condenando, nunca absolvendo. Temos uma trave nos olhos e queremos a todo transe extrair o argueiro do olho alheio. O único homem que já passou à face da Terra e poderia condenar quem quer que fosse, por ser puríssimo, não o fez! Trouxeram-lhe a pecadora e ele silenciou durante alguns minutos, pôs-se a escrever na terra os pecados dos seres humanos, consoante a argumentação de Santo Agostinho, e proclamou solene que atirasse a primeira pedra aquele que se considerasse sem pecados...

Entretanto, quando somos nós que erramos — e não raro, erramos mais do que o semelhante, nosso erro é muito mais grave do que o dele — nós muito rapidamente nos encarregamos de justificar e mesmo desculpar o deslize. Numa palavra, não sabemos se nos lembramos de não esquecer ou se esquecemos de nos lembrar esta frase de Sêneca:

"Afastai sempre os olhos das imperfeições de vosso próximo voltando-os para as vossas próprias a fim de lhes dar remédio."

*(**Macaé Espírita** – Macaé – RJ – Março de 1966)*

29
É Sempre Assim

Na opinião de Voltaire, a filosofia que nunca ajuda a fazer bons negócios, ajuda sempre a suportar os prejuízos.

O mesmo talvez se dê com a religião, quando sentida no fundo do coração. Não porque careça de elementos para nortear também a vida material. O poeta hindu Rabindranath Tagore já dizia ser a religião nossa companheira nesta vida e amiga na outra.

Acontece, porém, que o homem do mundo, quando goza perfeita saúde, tem o estômago cheio, traz o sexo satisfeito, e encerra moedas e mais moedas no baú, raramente cuida do sentimento religioso, chegando inclusive a aparentar uma certa religiosidade para atender a imperativos da vida social. Quando, no entanto, numa encruzilhada da existência, topa com os prejuízos financeiros, com os achaques orgânicos, com as penúrias físicas, com as dúvidas existenciais, só então é que se lembra de Deus, percebendo que nada tem e nada é sem a proteção do Pai. Até o próprio corpo não lhe pertence. Deixa-o entregue aos vermes do chão!

Aí é que a filosofia espiritualizante da religião verdadeira o acorda para a realidade das coisas, talvez já **in extremis...**

De sorte que, quando tudo ia bem, tudo mal... E agora, quando tudo parece que vai de mal a pior, tudo bem. Felizes daqueles que, como prega o Eclesiastes, se lembram de Deus desde a sua juventude!

*(**O Caminho** – Guaxupé – MG – 15 de janeiro de 1967)*

30
Falando aos Jovens

Nada mais difícil do que falar aos jovens. Difícil e importante. Difícil e urgente. Difícil e oportuno... A dificuldade reside no fato de a maioria deles dizer para os que desejam orientá-los, que os mais velhos são "abóboras", estão "quadrados" e eles sabem muito bem errar sozinhos!

O resultado que se vê, salvo raras exceções, porque seria uma injustiça muito grande generalizar (nem todo jovem é estroina e irresponsável), é uma mocidade desorientada, às voltas com problemas aparentemente insolúveis que a levam a buscar solução nos psicotrópicos, nos alucinógenos, nos prazeres de Cápua, nas fugas em geral.

Antes de mais nada, digo-lhes que também sou um jovem e que, em sendo jovem, tenho igualmente os meus sonhos mais doirados de ventura, considerando natural e justa a ânsia que todo moço tem de viver feliz, fazendo tudo quanto lhe vem à cabeça e lhe determina o coração. Só resta, entretanto, saber se o que lhe vem à cabeça ou lhe sai do coração realmente constituirão mais tarde motivo de ventura e de felicidade, e não complexos de culpa e de atroz remorso. Para isto, impõe-se meditar, pensar, ponderar antes de tomar uma dada iniciativa de que não se está muito seguro. Viver por viver, todos vivem; mais importante é saber viver.

Os jovens atuais têm uma espécie de prazer em contestar tudo o que os mais velhos dizem ser a verdade, ser o melhor, o mais conveniente. Nem saberia dizer se esta contestação não seja tão velha quanto a própria Humanidade. É mais velho do que se pensa o conflito das gerações.

E porque os mais velhos não lograram construir um mundo melhor com suas opiniões e atitudes julgadas mais acertadas, os moços da Idade Atômica insistem em ter opiniões e assumir posturas diametralmente opostas para verem se conseguem, assim, melhorar o panorama do mundo atual. É aquele anseio de todas as gerações mais jovens de reformar o mundo construindo-o outra vez, a seu jeito e modo. Os moços de agora não seriam uma exceção a esta regra geral. O "slogan" do **faça amor, não faça guerra** é bem a prova disto. Aliás, muita coisa no mundo, sem dúvida alguma, precisa sofrer uma substancial transformação para a felicidade da própria Humanidade. A palavra egoísmo, por exemplo, precisa ser riscada dos nossos dicionários; mas só em pensar que esta chaga nos acompanha tão de perto durante as 24 horas de cada dia, como se fosse a nossa própria sombra, já se imagina como será cruenta a luta a ser travada contra as terríveis implicações em nossas vidas!

Se o termo egoísmo deve ser alijado do vocabulário humano, ou por outra, deve ser deslocada esta serpente de nossos corações, outras palavras devem ser gravadas em letras garrafais no dicionário dos nossos sentimentos. Virtudes existem que são esquecidas, e precisam urgentemente ser vividas, se quisermos ser felizes. Por exemplo: honestidade, desejo de melhoria moral, vontade de trabalhar com diligência, anseio de saber mais, interesse pelo Belo e pelo Verdadeiro, considerar que o outro tem o direito de viver com dignidade, paz e sossego!

Cada geração que surge no cenário do mundo é uma esperança para os que sofrem as conseqüências da falta de Amor neste próprio mundo. Mas é preciso que os seus representantes inspirem confiança nos que estão padecendo dores físicas ou angústias morais.

Se você, jovem, deseja, de fato, contribuir para a melhoria da Humanidade, e para a grandeza do seu país, antes de mais nada procure ser honesto em tudo quanto faça... Não importa se Fulano ou se Sicrano sejam desonestos a não mais poder... Chegará inevitavelmente um dia em que eles prestarão contas de suas falcatruas no tribunal insubornável da própria consciência.

Procure melhorar-se em seus sentimentos...

Trabalhe com carinho, vendo no trabalho, não um castigo ou empecilho à sua felicidade, mas o melhor meio de se **firmar** e de se **afirmar** no meio comunitário exercitando os músculos, a mente e a vontade...

Não deixe de estudar buscando saber sempre algo de novo com profundidade, pondo o seu conhecimento a serviço do bem comum.

E sobretudo, rapaz ou senhorita que porventura me leiam, para subir na vida, não pise sobre as esperanças verdes do seu semelhante, não espezinhe os direitos sobretudo dos mais fracos, dos que mourejam na base da pirâmide social. Eles também têm direito ao sucesso e ao êxito com o suor de seus esforços mais honestos.

*(**Correio da Lavoura** – Nova Iguaçu – RJ – Domingo, 2 de Agosto de 1970)*

31
Médico das Almas

Em criança, ouvia meus pais dizerem, às vezes, sobretudo nas horas do sofrimento: Confiemos em Jesus. Ele é o médico de nossas almas.

Bem, lendo, depois, já rapazola, o texto de O Novo Testamento (eu que não sou de família protestante, já nasci em lar espírita), encontrava Jesus curando leprosos, cegos, paralíticos, endemoniados (diria melhor, obsidiados), até ressuscitando "mortos" (e aí estavam os casos de letargia profunda), mas ainda não compreendia porque meus genitores diziam sempre ser Jesus o médico das almas.

Afinal, não pregara Ele o Amor ao próximo, lição de que andamos sempre esquecidos nesta memória curta e que não é tão curta assim porque já dura quase vinte séculos?

Não vivenciara Ele mesmo o perdão aos adversários quando do alto da cruz pediu ao Pai que perdoasse àqueles que não sabiam o que estavam fazendo?

Não ensinara a humildade nascendo, segundo contam por aí, em humílima manjedoura de tosca estrebaria no silêncio da noite, silêncio quebrado pelo cântico dos anjos proclamando glórias a Deus nas alturas e augurando paz, na Terra, aos homens de boa vontade?

Como entender ser Jesus o médico das almas?

Hoje, burro velho, mais burro do que velho, entendo esta assertiva de meus pais queridos. Leio uma publicação científica e passo a saber que, quando se irrita, o indivíduo se descontrola em todos os seus humores orgânicos. Para começo de conversa, as glândulas suprarenais lançam no sangue uma taxa maior de adrenalina. Este hormônio prepara o corpo para agir ou para fugir diante de um iminente perigo. Para a ação ou para a fuga o corpo se prepara tornando mais intenso o bater do coração, bombeando mais sangue para os músculos. Aumenta a pressão arterial. Numa palavra, o organismo, como um grande todo, se mobiliza, entra em estado de alerta! O indivíduo vira, literalmente, uma panela de pressão que pode acabar explodindo! Bem, há aqueles que, contrariamente, não explodem em grosserias, em palavrões, em socos e pontapés contra o adversário. Por medo ou mesmo educação, "implodem", quer dizer, prendem-se em suas emoções, já que o outro... bem... o outro é mais forte, é mais corpulento, é faixa preta no caratê, sabe dar rasteiras. Se houvesse algum confronto corporal, levariam a pior. Apanhariam mais do que o couro esticado no bumbo no desfile militar ou no bloco carnavalesco!

Não preciso dizer que em ambos os casos o organismo sofre. No mínimo se instala a úlcera péptica de fundo nervoso ou emocional. No máximo um ataque cardíaco ou um insulto cerebral circulatório.

Como vale mais a Medicina Preventiva do que a Curativa, o negócio é não ter ódio, não guardar ressentimentos. Podemos até, por alguns momentos, ficar chateados, verbalizando, sim, a nossa insatisfação. Mas com controle emocional. Com equilíbrio e moderação. Entretanto, lá no fundo da alma, no imo do coração, perdoar ao ofensor. É alguém decerto em desarmonia com ele mesmo, daí sair ferindo o semelhante.

Perdoar — eis o ensino e o exemplo de Jesus.

Agora, com mais de 50 anos de idade no lombo é que entendo o motivo de meus pais dizerem, lá na minha infância distante:

— Confiemos em Jesus. Ele é o médico de nossas almas.

*(**Correio do Sul** – Varginha – MG –
10 de março de 1994)*

32
Dois de Novembro

Aqueles que partiram desta vida
Recorda a Humanidade neste dia...
Se muitos choram de alma comovida,
Outros lamentam até com rebeldia...

Ter saudade é normal, quando sentida
Sem revolta ou descrença... Todavia,
A morte, como fim, é desmentida:
Vive no Além o que entre nós vivia...

Na tumba fica apenas a matéria,
Passando ali por mil transformações...
O Espírito regressa à pátria etérea

Para avançar — tal é a eterna lei!
Cada qual que proclame: aflições
Talvez sofra — mas nunca morrerei!

*(**A Nova Era** – Franca – SP – Novembro de 1993)*

33
Diante do Natal

Em meu quarto de estudos, solitário,
Imerso no silêncio mais total,
Consultando o vetusto calendário
Vejo se aproximar outro Natal!...

Sinos que tangerão no campanário
E as crianças em coro celestial,
Distantes desse mundo tumultuário,
Inspiram-nos o Amor Universal!

Este Amor com que o Cristo já nos fala
Quando o sol tinge de ouro o céu de opala,
E Ele a pregar a sua santa Lei!...

Este Amor que elucida e que redime
Naquela síntese que assim se exprime:
— Amai-vos tanto quanto vos amei!

*(**O Imortal** – Cambé – Paraná – Dezembro de 1966)*

34
Batalha Íntima

Deixo de fazer o Bem que tanto quero, para fazer o Mal que não desejo — Paulo.

Agitada batalha indefinida
sinto eclodir no fundo do meu peito,
a perdurar ao longo desta vida,
tornando-me por vez insatisfeito!

É o fragor da peleja assim ferida
arduamente entre o Bem e o Mal, de jeito
que um quer levar o outro de vencida
em cada pensamento ou ato feito!

Entrevero terrível que se opera
dentro de mim... Percebo o quão sou fera,
quando procuro ser, ao menos, homem!...

E vejo demorarem na minh'alma
a luz e as trevas, me roubando a calma
nessas ânsias que tanto me consomem...

*(**A Nova Era** – Franca – SP – 31 de Julho de 1977)*

35
Livre-Arbítrio

Em página escrita pelo lápis psicográfico do querido Chico Xavier, em 25 de Março de 1977, o Espírito Emmanuel com propriedade adverte:

"Não prendas criatura alguma aos teus pontos-de-vista e nem sonegues a ninguém o direito de eleger os seus próprios caminhos".

Cada um de nós tem os seus pontos-de-vista pessoais através dos quais vê o mundo; avalia as situações e mesmo julga as pessoas. Pontos-de-vista políticos, concepções religiosas, modos de vida, maneiras de encarar os problemas, jeitos de enfrentá-los, enfim, padrões de conduta íntima, familiar ou ainda social. Cada um tem suas limitações, suas possibilidades, seus anseios, suas realizações — tudo isto de acordo com a sua personalidade, com o meio em que vive, com a educação que recebeu (ou deixou de receber), enfim, de acordo consigo mesmo, sem perder de vista a bagagem reencarnatória.

Cabe-nos, então, saber respeitar cada criatura tal qual ela é. Como se nos apresenta. E não como quereríamos que ela fosse. Afinal, se Deus outorgou ao homem o livre-arbítrio, por que razão nós, criaturas com nossas limitações, nossas possibilidades, nossos anseios e nossas realizações, iremos impor as nossas idéias, fazer valer os nossos pontos-

-de-vista, como se o próximo devesse raciocinar por nossas cabeças?

Evidentemente, há ocasiões em que podemos aconselhar com solicitude aquele que está errando por ignorância. Podemos sugerir com tato àquele que está desnorteado qual o rumo tomar. Podemos encaminhar para a estrada mais segura aquele que está tateando nas trevas da iniciação espiritual. Age assim a professora que firma a mão da criança para que ela trace a letra A. Atua desta maneira a mãe que segura o filho pela mão para que ele ensaie os primeiros passos. Entretanto, isso não nos autoriza a impingir ao vizinho a nossa opinião. A violar a intimidade de um amigo, forçando-o a seguir por um caminho que a ele não parece o melhor. A obrigar um ente familiar a ter as mesmas idéias que temos neste ou naquele setor da atividade humana. Afinal, cada qual tem o direito — diz Emmanuel — de eleger os seus próprios caminhos.

Nada que é imposto é duradouro no coração daquele que está submetido a sofrer alheia coação. Nada. É preciso que haja espontaneidade nas decisões. Deve partir da criatura a iniciativa no sentido de fazer ou deixar de fazer isto ou aquilo.

A criança, é claro, até certa idade, depende da orientação segura de seus pais. Para isto, ela nasceu em um lar onde pai e mãe (e não apenas a mãe!) devem educá-la, quer dizer, orientá-la para a vida na sociedade adulta equilibrada e feliz. Mas, depois de uma certa idade, atingida a fase da razão — não faz mais sentido a sistemática imposição de nossos modos de pensar aos filhos, que já devem ser senhores de seus narizes por estarem o suficientemente crescidinhos para gerenciarem suas vidas. Caso venham a fracassar, que tenhamos os corações abertos para ampará-los sem recriminações descabidas.

Se isto é válido no domínio da educação dos filhos —

muito mais válido há de ser entre os demais parentes, entre os amigos, os vizinhos, os conhecidos mais distantes de nossa vida de relação.

Por isto, razão não faltou ao Espírito Emmanuel ao declarar:

"Compadece-te dos que não pensam com as tuas idéias e não lhes encarceres a vida em tua própria vida, afastando--os da senda a que foram convocados.

"Chamem-se pais ou filhos, cônjuges ou irmãos, amigos ou parentes, companheiros ou adversários, diante de ti, cada um daqueles que te compartilham a existência é uma criatura de Deus, evoluindo em degrau diferente daquele em que te vês. Ensina-lhes o amor ao trabalho, a fidelidade ao dever, o devotamento à compreensão e o cultivo da misericórdia, que isso é nosso dever de uns para com os outros, entretanto, não lhes cerres a porta de saída para os empreendimentos de que se afirmam necessitados.

"(...) porque fomos chamados para amar-nos reciprocamente e não para sermos escravos uns dos outros, porque, em princípio, compomos uma só família e todos somos filhos de Deus".

***(Educação Espírita** – Suplemento do JORNAL DE HOJE – Nova Iguaçu – RJ – Quinta-Feira, 18 de Agosto de 1977)*

36
Pelos Caminhos do Mundo

A jovem veio em minha direção e, sabendo-me espírita, quis saber de mim:

— Você não acha que no mundo a mulher tem mesmo menos condições de progredir? Tirando os tempos atuais, quando a ela também é oferecida a oportunidade de ser alguém na vida, no passado sempre foi muito escravizada ao homem, com isso não podendo progredir tanto como ele?

Ao que de pronto esclareci:

— Bem, como o Espírito não tem sexo conforme entendemos, é possível que ele, numa vida material, venha como homem e, na outra, como mulher. Assim, vai estagiando ora dentro de um certo tipo de experiências, ora dentro de outro estilo de viver.

Mas a jovem era inteligente e contra-argumentou:

— Mas o mesmo Espírito não pode renascer diversas vezes no mundo como mulher?

Naturalmente recebeu de mim esta resposta:

— Claro que pode, desde que esta série de encarnações femininas lhe seja mais proveitosa do que aquela alternância, ora homem, ora mulher!

E prossegui, ampliando mais o exame da questão: Há casos em que um Espírito que foi homem, por ter feito muitos desvarios na área da sexualidade, principalmente, ele se vê constrangido, no tribunal da consciência, a reencarnar como mulher e, então, sofrer toda uma vasta gama de humilhações para ver na própria pele quantos paus são necessários para se fazer uma canoa, como diz o povo no linguajar comum. O mesmo poderá suceder a um Espírito que vivera na condição feminina corporal. Poderá nascer como homem justamente para expiar os débitos contraídos por ter sido uma mulher perversa. Por exemplo: fora mulher infiel, destruiu o seu lar, arrasou o coração de seu marido que a adorava, largou os filhos ao abandono à cata de prazeres. Pois bem, reencarna como homem e passará por semelhantes peripécias a fim de ressarcir seus débitos anteriores.

A moça que me ouvia atentamente insistiu:

— Mas, digamos que não houve estes desvarios extremos, ditados pelas paixões do sensualismo. Poderá um Espírito nascer diversas vezes, no mundo, como mulher, não poderá?

— Pode! foi a resposta que eu lhe dei para saber até onde é que ela queria chegar.

— Você chegou até onde eu queria, confessou com um largo sorriso.

E continuou: — Vamos que um Espírito reencarne muitas vezes como mulher, no mundo, naturalmente nos séculos passados. Então, levando-se em conta todo este longo período de submissão da mulher ao jugo masculino, tal Espírito teve menos chances de progredir do que se reencarnasse todas estas vezes num corpo de homem. Não estou certa no meu raciocínio?

Aí eu completei:

— Bem, pensando errado totalmente você não está, não; de fato, durante muitos e muitos decênios a mulher não tinha acesso a nenhuma fonte de cultura, a nenhum posto de administração, enfim, a nenhuma situação social melhorzinha nas conjunturas e nas estruturas sociais... Tertuliano, um dos pais da Igreja, chegou a dizer isto: "A mulher deve se trajar sempre de luto e de andrajos por ser o portal do inferno porque corrompera o homem". Naturalmente ele se inspirava na legendária história de Adão e Eva no Paraíso Perdido, do Gênesis de Moisés! Sem dúvida, durante séculos a mulher era tida e havida como uma simples propriedade do pai, do marido, do irmão, do amo, uma espécie de objeto de uso pessoal, que deveria cuidar da família, satisfazê-lo sexualmente e nada mais que isto. Agora, dos anos 60 para cá, é que ela vem gritando sua emancipação. Quer os mesmos direitos do homem, se bem que, manipulada por ele, acaba imitando-o em seus defeitos. Contudo, mesmo assim, debaixo de todo este asfixiante clima de incompreensão, de sectarismo, mesmo de tirania, à mulher foi conferida por Deus a sublime oportunidade de ser mãe! E como mãe, ela sempre encontrou excelentes oportunidades de crescer no amor, na abnegação, na ternura, e este aspecto do crescimento é de alta valia perante as Leis de Deus. Tanto que, como dizia Júlio Diniz, podem secar-se, num coração de mulher, todos os amores, porém jamais se extinguirá a seiva do amor materno. Daí também a expressiva declaração de Almeida Garrett: "A mãe é a mais bela obra de Deus".

Foi então que aquela jovem, com um olhar deste tamanho de espanto, não mais sorrindo, mas pensativa, arrematou: — É... o senhor tem razão... O senhor tem razão!

*(**Alavanca** – Campinas – SP – Final de 1979 e também PROSPERIDAD, periódico de Buenos Aires – Argentina – Janeiro/Fevereiro de 1980)*

37
Diante da AIDS

Diante da **síndrome da deficiência imunológica adquirida**, mas corriqueiramente conhecida pela sigla inglesa AIDS, incidência muito elevada no Brasil e no mundo, vemos, às vezes, a propaganda do uso da camisinha-de-Vênus como a única medida de segurança contra o contágio da terrível moléstia que assola a Humanidade neste final de século.

Não padece dúvida de que o preservativo citado, se usado convenientemente, e se o material empregado no seu fabrico é de boa qualidade para que não se rompa durante o seu uso recobrindo o órgão masculino, evita, sim, a transmissão do vírus que se dá através do líquido espermático e das secreções vaginais. Bem, parto do pressuposto, não sei se já fora de moda, de que o colóquio dito amoroso se desenvolva por via tradicional, normal para dizermos o adjetivo certo. Faço esta ressalva porque, na atualidade planetária, de tantas inconseqüências, criaturas que trazem o sexo 24 horas por dia na cabeça, acabam utilizando outras aberturas corporais que, é claro, têm, na harmonia do organismo, outras funções, inteiramente diversas das sexuais! Cada órgão tem sua função específica. A do ânus é a de eliminar os resíduos da alimentação. Portanto, é via de mão única. No máximo ali se introduzem supositórios ou sondas para exames médicos adequados na área intestinal. Nada mais que isto! Pelo menos é o que nos ensina a Biologia. O mesmo com relação à boca, órgão pronunciadamente para a mastigação, para o paladar e, como acessório, para a fala. No máximo, para o ato de beijar, desde que a criatura saiba a quem está beijando, pois doenças como a sífilis também podem ser transmitidas por via oral. E a sífilis está, infelizmente, tendo uma incidência muito aumentada nos últimos anos, embora as pessoas só se preocupem com a AIDS.

Faço esta exposição (meio avançada para alguns leitores mais cheios de pudicícia) porque, não muito longe de nossos dias, uma aluna de um colégio noturno, quando eu dava uma aula sobre embriologia, quis nervosamente saber de mim se espermatozóide no estômago poderia provocar gravidez! Isto mesmo que você acabou de ler! E só se tranqüilizou quando eu lhe garanti que o suco gástrico digere tudo! Por aí o leitor, que julgue este comentário despropositado, entenderá por que razão sou obrigado a analisar determinados assuntos com clareza em jornais e mesmo em livros nos dias em que vivemos no mundo!

Sou de opinião de que a mera propaganda da camisinha, sem a devida orientação dos moços, e mesmo dos adultos, não é a maneira mais segura da prevenção da AIDS. A raiz está em mostrar com realismo que a simples troca de parceiros é reduzir o ser humano à condição de animal. E mesmo assim os próprios animais se respeitam durante o ato sexual; não criam requintes para tirar mais e mais prazeres às custas do outro, não!

À luz da moral do Cristo, o ato genésico não é o fim exclusivo de uma aproximação instintiva de um par de sexos oposto, não! É um meio para que se alcance um objetivo muito maior, mais elevado, mais nobre que é a permuta de afetos desinteressados, de estima verdadeira, de respeito recíproco, de carinho, de gentileza, valores estes que hão de ter recompensa, durante toda a vida, e não apenas uns minutinhos fugazes, não!

Não se pode dizer que haja amor quando o parzinho se encontra apenas num final de semana, num motel e, na semana seguinte, está um para cada lado, sem mais saber do outro porque cada qual já escolheu outro parceiro. Não; isto não é amor. Nunca o foi. Nunca o será. No mínimo ali se configura a licenciosidade, ali está a leviandade, mais ainda, ali estamos a ver a prostituição num português mais claro. Camisinha só, não é tudo. Urge educar a criatura humana, desde a mais tenra idade, para que o sexo seja dignificado e não aviltado! Não se transforme o beijo em paixões desenfreadas de um momento passageiro, quando pode e deve ser fonte de água límpida para toda a existência em comum, onde reine o entendimento mútuo no ambiente santificado de um lar.

Tais esclarecimentos devem ser passados aos filhos desde a primeira infância pela família que é, aliás, a primeira escola. Bem sei que o instituto familiar anda meio atribulado com a crise que assola o mundo inteiro, neste crepúsculo do século XX. Crise política. Crise financeira. Crise econômica. Crise moral, que, acredito, é a mãe de todas as demais crises planetárias em todos os tempos. E, como se tudo isso não bastasse, aparece a televisão adentrando os lares com suas novelas e seus filmes, com seus programas de auditório, às vezes com muita audiência, apelando despudoradamente para o sexo abastardado, porque exercido sem um mínimo de responsabilidade social nem moral!

Todavia, insisto em que a família deva ser a escola na formação moral das futuras gerações. Tomo até emprestadas estas palavras de Coelho Neto, famoso romancista patrício que, em seu "**Breviário Cívico**" proclama alto e bom som:

"A família é o núcleo ou gérmen da sociedade. Nela é que se formam todas as virtudes e se amolda o caráter, que é a feição da alma. É a oficina sagrada onde se prepara, entre o amor e o respeito dos pais e o exemplo dos antepassados, o futuro cidadão.

"O que se adquire na infância, leva-se até a morte. Assim como o corpo se desenvolve na sua conformação, a alma dilata-se nos princípios em que foi iniciada."

E termina esta exortação, o célebre romancista do Maranhão:

"As pátrias são agregações de famílias e, quanto mais virtuosos forem os lares, que são eles, mais forte será a cadeia da nacionalidade".

Por isso é que o Espírito André Luiz, escrevendo pelo médium Waldo Vieira, na obra "Conduta Espírita", dentre outras ponderações, declara esta: "Acima de todas as injunções e contingências de cada dia, conservar a fidelidade aos preceitos espíritas, sendo cônjuge generoso e melhor pai, filho dedicado e companheiro benevolente. Cada semelhante nosso é degrau de acesso à Vida Superior, se soubermos recebê-lo por verdadeiro irmão".

Por extensão, eu me dirijo também, e com a mesma ênfase, aos líderes religiosos, aos escritores e jornalistas, às autoridades políticas e administrativas, declarando que o sexo só será sinônimo de elemento formador da família, de que nos fala Coelho Neto, se estiver embasado no amor. Não é o sexo, pois, apenas o gozo efêmero de alguns encontros fortuitos, não! Dele escarnecer é zombar da Vida; e a Vida sempre faz uma cobrança muito cara, caríssima em cima daquele que pensa que zomba de suas leis, saindo, depois, arrependido, lutando arduamente para rearmonizar-se no equilíbrio, desvairadamente rompido num instante de irreflexão, de impulso ou leviandade por quem quer que seja, jovem, adulto ou mesmo velho no corpo material.

*(**Correio do Sul** – Varginha – MG – 5ª feira 14 de Julho de 1994)*

38
A Força do Exemplo

O Espírito é mais acessível, durante a infância, às impressões que recebe e que podem ajudar o seu desenvolvimento, para o qual devem contribuir os que estão encarregados de sua educação. **O Livro dos Espíritos**, questão 383.

Se você deseja dirigir um automóvel, deverá antes de tudo procurar uma auto-escola e tomar algumas aulas de direção. Se quiser tocar violão, deverá outrossim matricular-se num curso onde o professor irá mostrar-lhe como segurar o pinho e dele tirar belos acordes musicais. Até a dona de casa desejando fazer um prato mais gostoso, terá de, no mínimo, guiar-se por uma receita lida num jornal, numa revista especializada, num livro de artes culinárias.

Na área profissional então, nem se fala... O médico faz o seu curso de seis anos, após o primário, o secundário, o vestibular... E o mesmo acontece com o engenheiro, o dentista, o advogado, o professor. Bordadeiras terão alguém que lhes ensine a segurar e dispor as linhas coloridas sobre o pano. Pedreiros terão instrutores de como misturar o cimento com a areia e a água, a arrumar a pedra com o tijolo e os vergalhões; de como assentar os azulejos e armar os caibros e telhas. Eletricistas aprenderão a mexer nas instalações elétricas. E assim por diante... Ninguém nasce sabendo fazer coisa alguma, a não ser... mamar! Tudo o mais dependerá de algum aprendizado.

Pois muito bem, educar um filho é tarefa importantíssima porque a matéria-prima é o elemento humano que, se pode ser manipulada, nem por isso deve ser manuseada (se é que posso dizer assim) de maneira irresponsável sem graves prejuízos na formação moral daquela personalidade.

O início correto da vida está na dependência do ambiente em que a criança se educa e das pessoas entre as quais ela vive. Amor, compreensão e respeito, a par de disciplina firme e estável, mas que evite a severidade, constituem os elementos essenciais à formação de crianças mentalmente sadias.

Que acontece entre os dois e seis anos de idade? Entre os seis e os doze? Entre os doze e os dezoito?

Ao dois, a criança fala, caminha, começa a alimentar-se sozinha e a adquirir hábitos de higiene pessoal. Os pais e o lar são o seu mundo. Dos dois aos seis, ela se torna cada vez mais capaz de fazer as coisas por si mesma e de cuidar das suas necessidades imediatas e elementares; seu círculo social amplia-se; ela já não é tão frágil e começa a acostumar-se com as proibições, as repreensões e os castigos.

Há pais que, quando os filhos, sobretudo muito pequenos, adoecem, passam a cumulá-los de agrados e brinquedos, mas logo que a doença passa, se desinteressam de mimá-los. Notando a diferença, a criança se convence de que é proveitoso ficar doente e, para gozar de vantagens, geralmente se queixa de qualquer coisa. É assim que se insinua o hábito de fingir ou dissimular. Os pais devem ter o cuidado de verificar até que ponto aquela queixa do filho tem sua razão de ser. Não pratiquem atos nem assumam atitudes que possam levar seu filho a tornar-se interesseiro ou mesmo fingido.

Aos seis anos de idade, a criança entra para a escola, ocasião em que pode e deve assumir responsabilidades. Está apta para o esforço mental do estudo; gosta de brinquedos vigorosos com outras crianças e começa a adaptar-se à vida de um grupo social muito maior do que a sua família. No entanto — atenção para isto! — o lar e seus pais continuam a ser o fator mais importante de sua vida e da formação do seu caráter.

Aos dezoito anos o filho já é quase um adulto devendo ingressar no sistema social. Para isso, os adolescentes devem ser educados de modo que se tornem ajustados emocionalmente. Para os jovens essa transição representa um período crucial da vida, no qual adquirem, às vezes a duras penas, maturidade física, sexual, intelectual, emocional e social. Separar-se completamente dos estreitos laços que o uniam aos pais, submeter-se compulsoriamente à autoridade da geração mais velha, aceitar as tradições e os padrões de comportamento e atitudes do grupo social maior e assumir as responsabilidades sexuais e sociais legalizadas, constitui tudo isto atos de profunda significação emocional para os jovens, no que precisam do apoio dos pais.

Bem poucos responsáveis se preparam para o exercício da paternidade e da maternidade. Muitos ignoram a existência dos filhos, deixando-os **ao Deus dará**, alegando displicentemente que o mundo aí está para educá-los. Outros pais repetem os velhos erros que seus genitores cometeram de maneira que, ainda hoje, às portas do Terceiro Milênio, reeditam velhas edições da educação repressiva do passado na base de violentos castigos corporais, como os médicos que dão plantão nos hospitais podem testemunhar quando atendem crianças vítimas de espancamento no lar!

Outros pais ainda, e me é triste dizê-lo, à maneira de extemporâneos ditadores, não observam que os filhos já estão bem crescidos (às vezes já casados e com filhos grandes!), são maiores de idade, querem gerenciar a seu jeito e modo suas vidas, e os pais, tiranicamente, infernizam-lhe o viver tentando controlá-los como se pequeninos ainda fossem!

Tudo isto, como é fácil de se deduzir, faz com que estes pais, ou sejam enganados pelos filhos, em sua ausência, ou então estes criem problemas perfeitamente evitáveis, se tais genitores soubessem respeitar a liberdade ou a intimidade de seus descendentes.

Queria eu escrever palavras mais amenas, mas a realidade dos fatos me leva a escrever desta maneira, não agressiva porém incisiva porque necessária.

Para terminar este capítulo, eu me permito transcrever alguns tópicos muitíssimo oportunos da dileta companheira de jornalismo Lúcia Amaral Kfouri em Mundo Espírita, em sua edição de abril de 1984, exatamente onde esta irmã de São Paulo diz, entre outros parágrafos, os seguintes:

A Educação é um ato de amor, é a ajuda das pessoas grandes para que as crianças também possam crescer. Os adultos sem amor não podem educar. Pelo contrário, deseducam.

Cada criança é uma inteligência despertando para a vida, é uma consciência que desabrocha. Essa inteligência e essa consciência precisam de aceitação e compreensão, pois do contrário se ressecam, tornam-se amargas, voltam-se para a rebeldia e a maldade.

O mundo das crianças é diferente do mundo dos adultos. É um mundo de sonhos e de aspirações nobres. Um mundo amoroso, cheio de ternura e ansiando por compreensão.

Educar é amar, porque a mecânica da educação é a

ajuda, o amparo, o estímulo.

As descomposturas, os gritos, as surras homéricas pertencem à **domesticação** e não à educação. A violência contra a criança (e aqui referimo-nos às grandes surras e não às "palmadas evangélicas") é um estímulo negativo que desperta as suas reações inferiores, ACORDA A FERA DO PASSADO.

Só o amor educa, só a ternura faz as almas crescerem no bem.

Nossos exemplos exercem maior influência sobre as crianças do que as nossas palavras porque nosso ensino oral é quase sempre falso. A **Educação Espírita** começa no lar com os exemplos que os pais devem dar; bem estruturado então, este adulto vai ganhar a planície tal como a pequena fonte ou o tranqüilo rio em busca do mar.

*(**Correio da Lavoura** - Nova Iguaçu - RJ - 4 a 17 de fevereiro de 1989). Ampliado e melhorado.*

39
A Questão Sexual

Entre os Espíritos não há sexos como os homens entendem; entre eles existem amor e simpatia, mas baseados na afinidade de sentimentos. **O Livro dos Espíritos**, questão 200.

Quem quer que tenha lido meus livros anteriores, principalmente "O Sexo e o Amor em Nossas Vidas", pela Editora Mensagem de Esperança, e "Sexo, Amor e Educação", em benefício da programação espírita da Rádio Rio de Janeiro, talvez ache que eu esteja sendo repetitivo com esta conversa outra vez sobre a questão sexual, aliás também tratada em outras obras que já andei escrevendo por outras editoras espíritas.

Ocorre que o assunto merece, sim, algum comentário neste livro também, porque sobre ele ainda pairam muitas desinformações, o que é lamentável.

Durante séculos o sexo foi considerado alguma coisa suja, imoral, indecente; não se falava abertamente **nesses assuntos**, sobretudo perto de crianças ou de moças casadouras ou de senhoras de respeito. Foi o período da repressão! Hoje assistimos ao contrário. O tema é tratado sem-cerimoniosamente em qualquer recinto, porque as telenovelas (ah, as telenovelas!) penetram em nossos lares em pleno horário nobre com a criançada toda acordada e bem atenta à telinha mágica. Revistas que se compram com relativa facilidade nas bancas de jornais exibem cenas do ato íntimo com detalhes coloridos. Um romance, infelizmente, para ter grande penetração junto ao público, para logo tornando-se **best-seller**, tem de trazer como enredo a questão sexual. É o período da liberdade, ou dizendo-se melhor, da libertinagem!

Quer dizer, passamos de um polo a outro; de um extremo ao outro. E é isto de se lamentar muito porque, se a postura anterior não trouxe nenhuma contribuição efetiva para a educação dos nossos filhos, tampouco a liberalidade atual está trazendo felicidade para as criaturas, simplesmente porque o sexo não pode ser considerado o fim último ou a finalidade exclusiva da vida humana à face da Terra. Não podemos centralizar o nosso viver na função sexual. Claro que o sexo faz parte da existência terrena; porém, a existência terrena não pode de modo algum gravitar apenas em torno da esfera genital. O centro do viver, o fulcro de nossas atividades deve ser, antes e acima de tudo, o Amor. Pena seja que muitos confundem Amor com sexo a ponto de até se dizer, equivocadamente, em relação à prática sexual que se faz Amor. Ora, Amor não se faz: Amor se doa, Amor se recebe, Amor se sente, Amor se troca, e não se restringe a um homem e a uma mulher durante alguns momentos, não; é algo que pode existir entre amigos e familiares, entre pais e filhos, entre todos os seres humanos porque basicamente existe entre Deus e todos os seus filhos, que somos todos nós sem qualquer exceção!

Evidentemente que há diversas modalidades de Amor, se o considerarmos entre cônjuges e parentes, entre pais e filhos, entre amigos e colegas de serviço, entre vizinhos e conhecidos, e assim por diante. Todavia — nem assim podemos confundir Amor com a prática sexual porque às vezes nesta prática existe tudo, interesses, egoísmo, atração física, menos Amor verdadeiro.

O sexo é algo que pode sublimar a vida; mas isto só acontece quando o Amor está colocado em primeiro plano. Assim é que, graças ao sexo bem entendido e melhor vivenciado, sob a égide do Amor, temos a família alicerçada nas relações de estima e de fidelidade, de consideração e de afeto, de mútuo apoio e recíproca compreensão. E quem diz família para logo se lembra da figura da mãe, do pai, dos filhos, criaturas que se respeitam, querem-se bem, doam-se em benefício da alegria geral e do progresso do outro.

Bem sei que muitas criaturas, jovens e também não lá muito jovens, não sabem controlar os seus impulsos libidinosos, sobretudo hoje em dia quando se faz tanta propaganda do erotismo. O instinto sexual como que os cega, levando-os a buscar clandestinamente a satisfação de seus apetites concupiscentes. Eu sei que existe isto, sim. E fica difícil pregar a estas pessoas, senão pregar, pelo menos sugerir, o controle de suas emoções. Não estou a preconizar a santarronice, a hipocrisia, a dissimulação. Apenas peço, mais uma vez, a estes companheiros de romagem terrena que canalizem as energias genésicas para a construção de um lar onde o sexo poderá ser exercido com dignidade, sem complexos de culpa nem leviandades porque direcionado para um fim mais nobre, dignificando as criaturas nele envolvidas, e não as nivelando ao plano bruto, que se deixa conduzir apenas pelo instinto.

O homem e a mulher, quer dizer, o ser humano, têm eles a inteligência mais aprimorada e é exatamente esta inteligência mais aprimorada que deve guiar os nossos passos na vida em todos os instantes do viver.

Lamentavelmente no terreno da orientação sexual muitos pais descuidam muito, daí tanta desorientação na cabeça e na conduta dos rapazes e das moças. Os genitores devem mostrar-lhes o papel que cada indivíduo e cada sexo têm no contexto social. Cumpre esclarecer com carinho, com Amor, com senso de responsabilidade, que a sociedade só pode sobreviver graças ao espírito de cooperação, de solidariedade, de respeito a seus membros, bem como ao desempenho de cada um em sua função, que é indispensável para o bom andamento de todo o conjunto. Cabe aos pais encarecer a importância e a responsabilidade (repito!) de cada sexo dentro de uma coletividade.

Dentro desta ordem de raciocínio, para que os filhos tenham um crescimento sadio e uma conduta equilibrada, pai e mãe devem mostrar ao filho e à filha que a maternidade e a paternidade prematuras ou precipitadas, porque são irregulares, contrariam as leis morais que regem a harmonia da vida. Estas leis divinas criaram o sexo visando à perpetuação da espécie, dentro do casamento, para que os pais eduquem os filhos em ambiente de proteção e de dignidade para felicidade de todos, dentro do relativismo das coisas humanas.

O aviltamento do ser humano não está na prática sadia do sexo, porém em transformar uma das mais importantes funções biológicas em apenas fonte de gozo, com o desvirtuamento de suas finalidades supremas de Amor. O sexo, ainda que esteja a repetir o que é sabido de todos, com suas conseqüências morais e sociais, é algo que deve ser exercido com responsabilidade de modo que a mulher não pode ser considerada nem a danação, a perdição do homem, tampouco objeto de prazer, descartável. Mas vista e amada como a companheira dele que, com ele e ao lado dele, vem ao mundo, como Espírito encarnado, para progredir, e não repetir os erros e os equívocos do passado.

Durante longos séculos ela viveu sob a dominação do homem machista! Desde a II Guerra Mundial para cá, ocorreu uma progressiva emancipação feminina, o que nos é motivo de satisfação porque representa progresso social. Todavia, às vezes, na ânsia de ter os mesmos direitos do homem, a mulher acabou aderindo a seus defeitos, o que é lamentável, fruto da ignorância espiritual tanto dele como dela.

Encerro estas páginas com as ponderações do Espírito Joana de Ângelis, pelo lápis psicográfico de Divaldo Franco, no livro **Episódios Diários** (lição 43):

Diante das atitudes insensatas e as conotações servis a que está levada a função genésica, dirige-a tu, com equilíbrio, a fim de que o teu desregramento não te conduza à alucinação.

O sexo foi colocado abaixo do cérebro para ser por este conduzido.

Posto na cabeça pela revolução dos frustrados, ei-lo transformado em peça principal do corpo, em detrimento da própria vida.

Conduze-o com equilíbrio, a fim de que não derrapes na sofreguidão que enlouquece, sem resolver o problema.

*(**O Caminho** - Taubaté - SP - Outubro / Novembro de 1989). Ampliado e melhorado.*

40
Apêndice – Quadrinhas à la Cornélio Pires

É bem verdade que, seguindo à risca o que está exposto nas páginas iniciais deste livrinho, aqui procurei reunir, para releitura, escritos que apareceram em diferentes mensários do Brasil e mesmo do Exterior. Todavia, valho-me da oportunidade para oferecer aos leitores trovas humorísticas, do estilo de Cornélio Pires, que elaborei analisando temas bem atuais. Vamos então a estas "Quadrinhas à la Cornélio Pires":

Muita gente pede em prece
O trabalho que aprimora,
Mas quando o "batente" aparece...
"Pica a mula" e vai-se embora!

José prometeu sarar
Doentes como enfermeiro...
Hoje, só pensa em juntar
Na poupança mais dinheiro!

Filhos, pelo menos seis,
Zefa disse dar conforto,
E até agora já fez
Em cada ano um novo aborto!

— Serei político honesto,
Em favor dos operários!
Hoje encontro o velho Ernesto
Rente aos latifundiários!

Albertina prometia
Levar vida das mais úteis;
Preguiçosa, está vadia,
Curtindo as paixões mais fúteis!

Celso, querendo avançar,
Quis ter virtude sem jaça...
Agora, vive num bar,
Tomando mais e mais cachaça!

As benesses do serviço
Antenor sempre proclama...
E dengoso e espantadiço
— Como se espreguiça na cama!...

Luiz dizia: — Serei
Um sacerdote perfeito!
De Deus, hoje esquece a lei,
Só querendo o seu proveito!

Jó, em tom angelical,
Fé garante ter nos santos,
Levando sempre um punhal
Por debaixo dos seus mantos!

Como médium farei tudo
Em favor de quem padece.
Agora, nas sessões, contudo,
Paulo pouco comparece!

E assim segue muita gente
Prometendo coisas mil...
Quando vê tarefa urgente,
Desaparece... sumiu!

Sem desmazelo nem pressa
Que você não siga a esmo:
O indolente não começa
A sentir paz em si mesmo!...

A Lei nos impõe servir,
Sejamos **grande** ou **menor**:
Só constrói feliz porvir
Quem traz no rosto o suor!...

INFORME PUBLICITÁRIO

É Melhor Colher Flores

É possível sonhar com um mundo simples e harmonioso, tocante e poético, um mundo que nos remete à inocência da infância perdida, para todos nós? Acompanhe a deliciosa narrativa que se segue, e tire suas conclusões.

Tudo isso é utopia, neste momento? Talvez. Mas o autor contribui para que ao menos o nosso coração se curve a lembranças de um tempo em que nós, hoje adultos, éramos crianças e tínhamos flores entre as mãos.

Como Venci a Obsessão

Esta narrativa é corajosa e honesta. Não há como ser verdadeiramente corajoso sem ser honesto. O autor pesquisa com tenacidade os escritos bíblicos e espíritas. Compara-os. Cita fatos comprobatórios incontestáveis da realidade da existência do Mundo Espiritual e da interferência dos que lá habitam, no pensamento dos que aqui permanecem transitoriamente. Mostra a verdade. Diagnostica o mal e receita o remédio.

Pedidos: **Editora EME** – Caixa Postal 93 – CEP 13360-000
Capivari-SP – Fone: (0194) 91-3878 – Fax: (0194) 91-2165